Vienna Hugo Wolf-Verein

Gesammelte Aufsätze über Hugo Wolf

Vienna Hugo Wolf-Verein

Gesammelte Aufsätze über Hugo Wolf

ISBN/EAN: 9783743696570

Hergestellt in Europa, USA, Kanada, Australien, Japan

Cover: Foto ©Raphael Reischuk / pixelio.de

Weitere Bücher finden Sie auf **www.hansebooks.com**

Herausgeber:
Hugo Wolf-Verein in Wien.

Gesammelte Aufsätze

über

Hugo Wolf.

Zweite Folge.

BERLIN
S. Fischer, Verlag
1899.

Umschlagzeichnung
von G. Bamberger (Wien).

Beiträge von:
Detlev von Lilienkron,
E. Kauffmann (Tübingen),
J. Schalk (Wien),
M. Haberlandt (Wien),
E. Hellmer (Wien).

Unsere Gesellschaft fährt fort, in die Öffentlichkeit hineinzuhorchen und die beachtenswertesten Stimmen, die da laut geworden sind, hier von neuem wieder zum Sprechen zu bringen. Es handelt sich uns zunächst darum, auf diesem Wege allmählich ganz um Hugo Wolf und seine Schöpfungen herumzukommen, und es handelt sich uns sodann darum, mit der Ausweitung des kritischen Horizontes, mit dem Reifen des Verständnisses für Hugo Wolf's Kunst gleichen Schritt zu halten. Denn bei den Hochgipfeln des Geistes ist es eben wie bei den hohen Bergen: je höher man steigt, desto länger zeigt sich unser Weg, desto höher wächst der letzte einsame Gipfel empor. Sicher, wir haben bei Hugo Wolf noch viel Höhe vor uns . . .

An Hugo Wolf.

Erinnerst Du Dich der Tage:
Hinter Dir sassen
Conrad, der Hüne, und ich.
Du sangst uns
Deine 53
Drei — und — fünf — zig!
Mörike-Lieder vor
Und Deine ungezählten Wunderweisen
Aus Goethe und Eichendorff.
Wie war das Alles neu!
Zum Erstarren neu!
Vorn im Mörike-Heft,
Auf erster Seite,
Hattest Du, Bescheidener,
Des Dichters Bild verehrend aufgestellt.
Welcher Tonsetzer that je so?

Aufsätze über Hugo Wolf.

Und während Du glühend sangst,
Gingen draussen die Deutschen vorüber.
Sie trugen in ihren Taschen
Billete zu „Mamsell Nitouche".
Und die Schamröte flog mir ins Gesicht
Für unsere Landsleute,
Dass sie Dir nicht horchten;
Dass sie ihren grossen, lieben
Dichter Mörike nicht kennen.

Wir erhoben uns.
Auf der Strasse
Nahm Conrad, der Hüne, Dich
Auf seine Athletenschultern
Und trug Dich durch die Menge,
Wie einst der heilige Christoph das Jesulein
Durch das tosende Wildwasser brachte.
Einer Spielzeugtändlerin
Kauft' ich ein Fähnchen ab.
Und das Fähnchen wuchs schnell
Zur mächtigen, prunkenden Fahne.
Einem Flötenbläser winkt' ich,
Der einsam im Kinderkreise blies,
Und er kam und ging mit:
Duidldidum, duidldidum.
Einem Zinkenisten winkt' ich

Aus einer Gassenmusik,
Und er kam und ging mit:
Tatara ta, tatara ta.
Einem Beckenschläger winkt' ich,
Der einem Bärenzeiger gesellt stand,
Und er kam und ging mit:
Dschingdada, dschingdada.
Die Drei machten Bockssprünge, während sie
spielten,
Und tanzten wie trunkene Derwische.
Vor dem Zuge schwang ich
Die mächtige Prunkfahne hin und her,
Und ich rief:
Platz da, Platz da, Gesindel,
Ein junger Germanenkönig kommt,
Ein König der neuen Kunst!
Platz da, Platz da, Gesindel,
Ein König kommt!
Und die Deutschen
Griffen entsetzt in ihre Taschen
Und fühlten nach den Billeten
Zu „Mamsell Nitouche".
Und sie rannten schleunig
Zu „Mamsell Nitouche".

Detlev von Liliencron.

Hugo Wolf.

(Elfenlied aus Shakespeare's „Sommernachtstraum" für Sopransolo, Frauenchor und Orchester. Berlin, Adolf Fürstner. „Der Feuerreiter", Ballade von Ed. Mörike, für gemischten Chor und Orchester. Mainz, B. Schott's Söhne.)

Von

Dr. Emil Kauffmann (Tübingen).

Ein Frauenchor über das Elfenlied aus dem „Sommernachtstraum"? Aber das ist ja von Mendelssohn vollendet schön in Musik gesetzt!" So höre ich rufen. Allerdings, Musik ist hierzu gemacht und so fein und liebenswürdig, wie es nur Mendelssohn möglich war. Wir werden uns aber hüten, Vergleiche anzustellen. Man steht hier vor einer verschiedenen, aus dem Innersten der Shakespeare'schen Poesie geschöpften Anschauung. Wir kennen Wolf und das glühende Verhältnis zu seinem Dichter, sobald dessen Muse ihn berührt und zum Schaffen ermuntert hat. Er giebt dem Frauenchor einen duftigen, leichten Gesang, einfach, innig, beinahe wehmütig mit zarter Modulation spielend. Dieser Gesang oder Tanz geht in einer zauberischen Märchenwelt vor sich, in welcher die geheimsten Kräfte der Natur durch das Orchester personifiziert erscheinen. Mondschein legt sein silbernes Licht auf Wald und Busch, eingelullt durch den zärtlichen Gesang der Elfen, durch das Weben, Flüstern, Summen des nächtlichen Waldzaubers schläft Titania ein, und — nun ertönt Oberon's Horn in ihren Träumen, des eifersüchtigen Gatten, dessen Liebe sie nicht vergessen kann und mit dem sie, so verheisst der Traum, bald wieder in süssestem Kosen vereint sein wird. Völlig geblendet, menschlich tief gerührt von dem herrlichen, weit ausgesponnenen Schluss in Fisdur mit Eintritt von Titania's Schlummer wird sich jeder empfängliche Hörer fühlen, vorausgesetzt, dass ein Chor und Orchester von auserlesenen Künstlern ihm diese wunderbare Vision vor Ohr und Aug' gewoben hat. Neu sind die Klangwirkungen, welche Wolf mit seinem Orchester hervorzaubert. Wie anders wirkt Mörike's phantastische Ballade vom „Feuerreiter". Im Roman „Maler Nolten" ist eine kurze Andeutung gegeben über die Entstehung dieser Dichtung. (Dritte Auflage, Band 1, Seite 57.) Wir wissen aber genau, dass das erste Motiv dem Dichter als Student in Tübingen zukam, wo er den wahnsinnigen Dichter Fr. Hölderlin mit einer Mütze auf dem Kopfe an dem kleinen Fenster seiner turmartigen Wohnung hin- und herirren sah. — Wie ein unheimliches Flüstern, wie die erst unscheinbare Rauchwolke, die immer dichter wird, immer höher steigt, so geht es mit Beginn des Chores wie ein Lauffeuer durch alle Stimmen des Orchesters und Chors, bis mit den Worten: „Seht! Welch Gewühle bei der Brücke nach dem Feld. Horch! Das Feuerglöcklein gellt: hinterm Berg, hinterm Berg brennt es in der Mühle" — im Orchester eine lichte Flamme ausbricht und die Gegend taghell beleuchtet.

Das Thema des Feuerreiters, wie bäumt es sich auf und rast dahin in wahnsinniger Eile. Die Angst, das Hin- und Wiederrennen des Volks, die Ungewissheit, wo der Herd des Brandes sein mag, das unheimliche Element, das die Stätte der Feuersbrunst umgiebt — Wolf hat das alles in seiner Musik an der Hand des Dichters in wahrhaft genialer Weise dargestellt, der grause Hintergrund des Gedichtes ist durch seine Musik vorzüglich hervorgehoben.

Mit der „in Trümmer geborstenen" Mühle erlöschen nach und nach die wild prasselnden Orchesterklänge. Dasselbe eindringliche, den Balladenton so richtig treffende Trompetenmotiv, das den wilden Reiter vor der Gefahr gewarnt hat, es erklingt nun zum zweiten Mal mit dem Chor bei der Erzählung von jenem Müller, der „nach Zeiten" im Keller der Mühle ein „Gerippe samt der Mützen fand". „Husch, da fällt's in Asche ab, ruhe wohl, drunten in der Mühle." Immer leiser werden die Chorstimmen, das Orchester; jenes dämonische Motiv bei den Worten „hinterm Berg, brennt's" mit seinen schrillen Klängen haucht nun ein sanftes Horngetön dem Reiter in sein kühles Grab nach. Grabesstille, durch die an der Grenze ihrer Fähigkeit in fis — H gestimmten Paukenschläge im pianissimo dem lauschenden Ohr vermittelt, ist das Ende.

Die Behandlung des Orchesters ist ebenso virtuos wie im Elfenlied. Dort seltsamzauberhaft, hier wild-dämonisch, wie es der Geist der Dichtungen erforderte. Ein grosser, stark besetzter Chor, der die Massenklänge des Wagner'schen Orchesters nicht zu scheuen braucht, hat in diesem „Feuerreiter" eine ebenso schwierige als dankbare Aufgabe zu lösen. Ja, sie sind des Schweisses der Edeln wert, diese Chorwerke, auf die wir Kunstinstitute, die über vorzügliche Kräfte verfügen, mit diesen Worten dringend aufmerksam machen.

(Musik. Wochenschrift, Leipzig 28. 2. 1895.)

Hugo Wolf
und
sein italienisches Liederbuch.

Von
Josef Schalk (Wien).

Der hohe Reiz, der darin liegt, der inneren Entwicklungsgeschichte eines Künstlers in seinen Werken nachzuspüren, verleitet den Kunstfreund heutigen Tages mehr und mehr, das einzelne Werk vor allem auf seinen Zusammenhang mit vorausgegangenen Schöpfungen zu prüfen, es gewissermassen nur als einen Ausschnitt aus dem Gesamtleben und -Schaffen zu betrachten, ja sogar mit bezeichnender Unruhe zuweilen schon der Zukunft vorauszueilen und kühnlich erst noch zu erwartenden Leistungen Richtung und Ziele anzuweisen.

Es soll nicht geleugnet werden, dass auf diesem Wege Einblicke gewonnen werden können, die dem einfach naiv Geniessenden versagt bleiben. Eines wird dabei meist übersehen; nämlich das Erfordernis einer hohen und umfassenden Kunstbildung, die allein hier zu gedeihlichen Resultaten gelangen kann, zu Resultaten freilich, die schon wieder mehr ausserhalb der Kunst liegen. Der Durchschnittskunstfreund, dessen besseres Teil Empfänglichkeit ist, thäte gut, alle bei Betrachtung eines Werkes sich aufdrängenden Beziehungen, sei es zur Kunst, zum Leben im allgemeinen, sei es zur Persönlichkeit des Schöpfers, sich so viel als möglich vom Leibe zu halten. Wie das Gemälde der Rahmen umschliesst, so soll seine reine Anschauungskraft das Kunstwerk umschlossen halten und absondern von allem, was ausserhalb desselben steht. Es ist nur ein Wahn, zu glauben, dass durch kunsthistorische Betrachtungsweise ein besseres, tieferes Verständnis als durch die unmittelbare sinnliche Wahrnehmung gewonnen werden könne. Das echte Kunstverständnis (wir haben leider kein besseres Wort) hat sehr wenig oder nichts mit dem Verstande der Verständigen gemein, und wo das Gefühlsbedürfnis nach Kunst nicht mächtig genug ist, ist alle Weisheit und alle Lehre vergebens. Denn der Zweck der Kunst, wenn von einem solchen überhaupt gesprochen werden darf, besteht in nichts anderem als im Selbstvergessen, in der völligen Hingabe an ein uns Überragendes, doch unseren besten Seelenkräften innig Verwandtes. Dies höchste, reinste Glück der Erde wird aber einzig durch die Kraft unmittelbarer Anschauung gewonnen. Die dunkle Ahnung davon lebt auch da noch, wo, wie im modernen Leben, diese Kraft bereits tief gesunken ist. Unfähig, durch sie allein Sättigung zu finden, drängt jetzt alles mit gierig aufgeschnappten Vorbegriffen auf den kunstwissenschaftlichen Weg und sucht das verlorene Heil mit falschen Mitteln zu ergattern.

Scharfsichtige Künstler haben dies Übel erkannt und versucht, dasjenige, was dem modernen Publikum fehlt, ihren Werken selbst beizumengen, d. h. die mangelnde

Stimmung im Geniessenden durch die sogenannte Stimmung im Werke zu ersetzen und so jene künstlich hervorzukitzeln. Die unerhörte Vorherrschaft des Milieu, die übertriebene Bedeutung, die man demselben beilegt, gründet sich also eigentlich auf die künstlerische Geringschätzung des Publikums, eine Geringschätzung, welche sich in so manchen neuesten, dem künstlerisch gesunden Menschen geradezu närrisch vorkommenden Produkten bis zur deutlichen Verachtung gesteigert hat. Insofern als darin aber ehrlich gemeinte Versuche zur Hebung und Erstarkung des Kunstsinnes vorliegen, beruhen sie auf einem Irrtume. Der Kurzsichtige sieht ja doch nicht besser, auch wenn man ihm etwa ein Porträt zeigt, das eine Brille trägt. —

Zu solch heilsam einschränkender Erkenntnis führt vor anderen die Betrachtung der Werke eines Künstlers, dessen Werdegang den derzeit auch in der Kunst in so hohem Ansehen stehenden natürlichen Entwicklungsgesetzen völlig zu widersprechen scheint. Denn nicht ist es bei Hugo Wolf, wie bei so vielen anderen, eine gerade ansteigende und bequem zu verfolgende Linie, die zur Meisterschaft und Vollendung führt, sondern man darf wohl sagen: ihm ward die verhängnisvolle Gabe, in den Grenzen seiner durchaus lyrischen Schöpfernatur, von allem Anfange an das schlechthin Unübertreffliche zu leisten. Wir nennen diese Gabe verhängnisvoll, weil sie frühe Erschöpfung zur unausbleiblichen Folge hat. Und in der That: Jene Gattung lyrischer Poesie, die Hugo Wolf aufgreift, erschöpft er jedesmal in ihrem innersten Wesenskerne und damit sich selbst nach seinem dieser Poesie adäquaten musikalischen Ausdrucksvermögen. Der gleiche wunderbare Vorgang war bei seinen Mörike-, Eichendorff- und Goethe-Liedern zu beobachten. Immer erschien er als ein ganz Anderer, Neuer, und wenn er im Grunde doch derselbe geblieben war, so erwies sich dies einzig und allein durch die eben nur ihm in solchem Grade eigene Kraft, die Individualität des Dichters zur seinigen zu machen. Dass in diesem völligen Untertauchen keine Schwäche des Musikers zu erkennen sei, bezeugt der ungeahnte Reichtum, den er für seine eigene Kunst jedesmal aus diesen Tiefen heraufholte. Eine derartig inkommensurable Erscheinung macht nicht nur den Kunstgeschichtlern Pein, auch dem weiteren Kreise ehrbarer Kunstgenossen, die es sich ehrlich sauer werden liessen mit ihrem Können, will ein genialer Springinsfeld, der alles wie von selbst hat, nicht recht zu Kopf.

„Denn wer als Meister geboren,
Der hat unter Meistern den schlimmsten Stand."

Ihm selbst freilich lag nichts ferner, als sich in die Pose bewusster Meisterwürde zu werfen. Im Gegenteil. „Kein Meister fällt vom Himmel" so hat er in liebenswerter, echtester Bescheidenheit gesungen. Möchte doch dies von allen jenen recht erkannt und gewürdigt werden, die Grund zu haben glauben, sich über die schroffen Ecken seines ungestümen Naturells beklagen zu können. Neid und Bewunderung blicken gleich erstaunt zu dem seltenen Meteor am Kunsthimmel hinauf. Die Freude an dem prächtig wechselnden Farbenspiel, in dem es erstrahlt, lässt nicht ahnen, dass sein innen glühendes Feuer sich selbst verzehrt und dem leuchtenden Aufschiessen ein ebenso jäher Fall ins traurige Dunkel folgt und folgen muss. — —

Wer in den beiden vorliegenden Heften des italienischen Liederbuches etwa nur ein Seitenstück zu dem vorausgegangenen spanischen Liederbuch erwartet, könnte einigermassen enttäuscht sein. Sie sind sozusagen auf einen ganz neuen Grundton gestimmt. Schon das Fehlen des Nationalkolorites, das dort so vielen Liedern ein prächtiges Ansehen gab, ist auffallend genug. Unzweifelhaft wäre es dem Sänger der Mignon („Kennst du das Land") ein leichtes gewesen, den vollen Zauber der italienischen Sonne auch über diese Poesien auszugiessen. Wenn er es hier vermied, seinen Tönen eine landschaftliche Färbung zu geben, so hängt das mit der neuerlichen entschiedenen Wendung zusammen, die sein schöpferischer Geist genommen. Die in den früheren Gesängen kräftig betonte heimatliche Bodenfarbe hat sich gleichsam zu einer nur dem schärferen Auge kenntlichen, überaus zarten Luftstimmung verflüchtigt. — Überhaupt wird es nicht leicht sein, die letzten Phasen des so wunderreich begabten Künstlers mit Worten zu charakterisieren. — Einem Tondichter, dem es vergönnt war, den überzeugenden musikalischen Ausdruck für die tiefsinnigsten Alterspoesien Goethes zu finden („Phaenomen" u. a.), konnte sich ja sobald nicht ein neuer Quell für sein Schaffen aufthun. Schon an der Hand Goethes war er freilich über den heimatlichen Boden hinausgedrungen und hatte in den Gesängen des west-östlichen Divan den Orient betreten. Im weiteren Umblicke fand er dann die drangvolle Fülle der altromanischen Dichtung vor, die ihn mächtig anzog und seiner Gestaltungskraft neue und andersartige Probleme darbot. Keineswegs war er dabei den schlichten deutschen Herzenstönen untreu geworden, die uns seinen Mörike-Band so über alles teuer machen, ja sie nehmen sich hier, unter fremdländischem Himmel und manchmal halb versteckt, noch fast rührender aus. („Nun wandre, Maria", „Wenn Du zu den Blumen gehst", „Alle gingen, Herz, zur Ruh" im spanischen, „Nun lass uns Frieden schliessen", „Heb' auf dein blondes Haupt" u. a. im italienischen Liederbuche.) Aber sie sind nicht mehr der Hauptinhalt. Er hat mit seinen Dichtern die grosse, bunte Welt gesehen: die liebevollen Herzen nicht nur, auch die heissen, leidenschaftlich-rachsüchtigen, die kalten, stolz-höhnenden. Könnte man beispielsweise aus dem blutig fanatischen Glaubens- und Todesdrang, der die religiösen spanischen Gesänge durchglüht, noch den Sänger der kindlich frommen Weise des Mörike'schen Gebetes erkennen? Ist die biedere Schalkhaftigkeit der „Storchenbotschaft" irgend vergleichbar mit der offenen Lüsternheit, die in „Geselle, wollen wir uns in Kutten hüllen" oder „Ich hab' in Pena einen Liebsten wohnen" zu Tage tritt, und die nur durch die künstlerische Form geadelt wird? Alle Mittelglieder, welche solche Wandlungen etwa verbinden könnten, liegen dem suchenden Kunstverstande hier nicht vor; sie verschliessen sich ganz unzugänglich in jene bei Hugo Wolf so charakteristischen, oft jahrelangen Pausen seines Schaffens, die keineswegs, wie man etwa meinen könnte, durch äussere Lebenserfahrungen verursacht oder ausgefüllt sind. Plötzlich wie mit Zauberschlag brach dann eine neue Schaffensperiode herein. Derselbe Mensch, der so viele Tage zum Teil in dumpfem Hinbrüten, zum Teil in fröhlichem Müssiggange verbracht, fand nun nicht Zeit und Ruhe für Schlaf und Mahlzeiten, übermächtig und ununterbrochen strömte der Quell der Erfindungen in ihm. Die Leichtigkeit und Treffsicherheit seiner Conception, die fast nie die kleinste Korrektur nötig machte, der alles auf den ersten Wurf gelang, ist in unseren Tagen beispiellos und bei der Komplikation moderner Ausdrucksmittel doppelt bewundernswert.

Man vergleiche die aufgeregte Phantastik der Mörike- und Eichendorff-Lieder mit der ruhevollen, schönheitstrunkenen Seligkeit der neuen Gesänge, oder vielmehr man vergleiche sie nicht und erfreue sich ungeteilt dort wie hier! —

Ganz besonders muss darauf hingewiesen werden, wie in Liedern als „Gesegnet sei", „Der Mond hat eine schwere Klag' erhoben", „Ihr seid die Allerschönste", „Und willst du deinen Liebsten sterben sehen" der romanische Schönheitskultus mit dem reinen Gefühlsausdruck der deutschen Musik eine neue, gar wunderherrliche Vermählung eingeht. In der meist aufs äusserste knappen Form von wenigen Zeilen welch ein Reichtum! Eben wegen ihres geringen Umfanges wollen auch diese Lieder im Vortrage stets gleich zu mehreren wie zu einem duftigen Strausse zusammengebunden werden. Das Fehlen selbständiger Überschriften erleichtert die ungezwungene Aneinanderreihung, die sich nicht nur nach der gedruckten Reihenfolge, sondern auch in mannigfacher Abwechslung bewährt. Für die Wertschätzung des einzelnen hat der Autor in feinsinniger Weise einen poetischen Massstab dem ersten Bande gleichsam als Motto vorangestellt mit dem lieblichen Liede: „Auch kleine Dinge können uns entzücken".

Die oft beklagten technischen Schwierigkeiten des Klavierparts haben sich gegen früher wesentlich vermindert; äusserlich scheint alles einfacher geworden zu sein. Der Sänger freilich kommt nicht billiger als ehedem weg. Für ihn hängt ja das Technische untrennbar mit der Erfassung des geistigen Gehaltes zusammen. Wenn seine allgemein musikalische Bildungshöhe an die hier gestellten Anforderungen nicht heranreicht, wird er durch unpassende Entfaltung äusserer Mittel nur das Gegenteil seiner Absicht erreichen.

Leider ist es noch immer weit verbreiteter Gewohnheitsbrauch, sich solchen Aufgaben von der rein musikalischen Seite zu nähern. Dem sogenannten „Text" wird nur so weit Aufmerksamkeit geschenkt, als die Überwindung der gesanglichen Schwierigkeiten gerade Zeit dazu lässt. Die Nachteile dieses gleichzeitigen Kennenlernenwollens erfährt, wer einmal sich die Mühe nimmt, den Text eines auf diese Art erlernten und oft gesungenen Liedes aufmerksam durchzulesen. Meist stellt sich Sinn und Zusammenhang erst dann klar heraus und um so überraschender, je mehr in der betreffenden Komposition eine stabile Eurhythmie vorgewaltet und die logische Denkkraft des Ausführenden mit ihrem wohligen Wellenschlage eingelullt hat.

Die in ihrem innersten Wesen auf

gegenseitiger Anziehung und Abstossung beruhenden Elemente der Dichtkunst und Tonkunst sind noch lange nicht genug erforscht, um über das Prinzip ihres Ausgleiches, ihrer Vereinigung im lyrischen wie im dramatischen Kunstwerke nur annähernd Aufschluss zu geben. Wohl denen, welche sich im beseligenden Bewusstsein der bislang erreichten Wirkungen ihrer höheren Einheit darüber keinerlei Kopfzerbrechen zu machen brauchen.

Die geheimnisvollere Seite ihres Antagonismus aber wird durch die allgemein bekannte, nur zu wenig ernst genommene Thatsache beleuchtet, dass hervorragende Sänger von ganz einseitig musikalischen Qualitäten in der Regel mit auffallender geistiger Beschränktheit behaftet sind.

Es kann nun nicht nachdrücklich genug versichert werden, dass der Reiz der melodischen Linie solcher durch Poesie erzeugter Tongestalten, wie die Hugo Wolf's es sind, sich nur dem durch den Geist der Dichtung hindurch gegangenen Gefühle offenbart. Ein apartes, rein musikalisches

Verstehenwollen wird immer zum Missverständnis führen. Auch die berüchtigt schwierigen, „nicht zu treffenden" Intervalle geben sich durch das Erfassen der poetischen Intention viel einfacher und erscheinen dann so selbstverständlich und „gefällig", wie nur immer die des alten bel canto. Sattelfeste Treffer hinwiederum, welche einen Stolz darein setzen, auch solche Aufgaben ohne weiteres zu lösen, gelangen mit der bloss korrekten Intonation keineswegs zum Ziele, weil die geheime Beseelung des Tones fehlt, die ihn erst zum „richtigen", d. h. zu jenem Ton macht, der im Gefühle des Hörers wiederzuklingen vermag. Auch muss gerade das unterscheidungslose Absingen derartiger Tonreihen dem musikalischen Hörer Pein bereiten. Kommt doch alles hier auf die lückenlos wechselseitige Durchdringung von Gesangs- und Klavierpart an. Nichts ist diesen Liedern daher schädlicher als ein einseitig dominierender Gesangsvortrag, wohingegen ein mehr dem Sprechton angenähertes zartes Andeuten der Singstimme viel eher zur Verschmelzung der beiden Reproduktionsfaktoren und damit zum rechten Verständnis führt. Es liegt ja eben auch im innersten Wesen der deutschen Musik, die sinnliche Schönheit stets im Dienste des Gefühlsausdruckes und nie als Selbstzweck zur Darstellung zu bringen. Eine spezielle Eigentümlichkeit des Stiles der späteren Gesänge Hugo Wolf's wird dem aufmerksamen Kunstfreunde nicht entgehen: es ist die Neigung, Nachsilben von Worten, auf welche der Hauptaccent fällt, entgegen dem Sprachgebrauch, im Ton noch in die Höhe zu ziehen. Nur ein Meister der musikalisch-poetischen Deklamation wird, unbeschadet dieser Kühnheit, der betreffenden Note die in diesem Falle doppelt nötige Leichtigkeit, d. i. Unbetontheit, zu wahren wissen. Der Ausdruck gewinnt dadurch in unvergleichlicher Weise. Ein sehnsüchtiges Hinausströmen, wie durch zarten Flügelschlag angeregt, eröffnet sich der musikalischen Empfindung nun gerade an Stellen, wo sie sonst gewohnt war, durch die lastende Schwere des Accentes zu Boden gezogen zu werden. Beispiele dafür sind sehr zahlreich; man sehe No. 2: „Mir ward gesagt, Du reisest in die Ferne".

Die drei Noten h, c, d, auf denen die Worte vertont sind, geben auf den ersten Anblick ein höchst einfaches Bild. Jeder Sänger getraut sich das sofort zu treffen. Wer sich nun hier sozusagen mit dem rohen Ton zufrieden giebt, kommt allerdings gar nicht zur Ahnung der verborgenen Schwierigkeit. Man singt dann eben auch nicht mit, sondern trotz der Begleitung. Gerne geben wir einem solchen Sänger das volle Recht, dergleichen nicht schön zu finden und sich nicht weiter damit zu befassen. Begabtere werden durch die ihnen von der Klavierbegleitung bereiteten Unbequemlichkeiten schon mehr oder weniger darauf aufmerksam, dass die Sache nicht so ganz einfach sein kann, als sie aussieht. Diese werden vielleicht durch den wiederholten bildenden Einfluss der Begleitung ihre Tonempfindung veredeln und ihren Gesangsausdruck nach und nach der poetischen Wahrheit nahe bringen. Kommt aber einer, dem die richtige, ideelle Erfassung jener drei Noten von vornherein in dem Grade eigen ist, dass er die unterlegte Begleitung mit einer Art künstlerischer Genugthuung und Freude, wie eine Bestätigung seines persönlichen Gefühles empfindet, das ist dann erst der richtige Mann für den Vortrag dieses Liedes. Der Fall tritt selten genug ein, denn er setzt gegenwärtig, wo alles so neu noch ist, geradezu eine geniale, dem Wesen des Autors verwandte Natur voraus. So war es aber auch mit der Reproduktion jeder neuen grossen Kunst im Anfange immer bestellt.

Fragen wir nun, worin denn die eigentliche Schwierigkeit jener Aufgabe besteht, so finden wir sie in dem erwähnten Aufwärtsführen von Tönen, die vermöge ihrer dissonanten Stellung das gemeinmusikalische Gefühl nach abwärts ziehen. Das ist sowohl beim Fortschreiten des h nach c, als in noch verstärkterem Masse bei dem Worte: „Fer-ne" (c nach d) der Fall. Dort wird der grossen Septime durch den engen Leitetonanschluss der Schritt noch verhältnismässig leicht gemacht; hier wird das schwer lastende Intervall der Tredecime genötigt, auf den Stützpunkt seiner Auflösung (Quinte) völlig zu verzichten (derselbe mus also um so fester in der Empfindnung des Sängers wurzeln) und sich nach aufwärts in das schwankende Intervall der kleinen Septime zu heben. Der Vorgang macht, absolut musikalisch genommen, den Eindruck, als würde etwa aus einem Tempelbau eine Säule künstlich entfernt und das Gebälk rage nun auch ohne Stütze frei in die Luft hinaus. Der Sänger hat daher jener Note ein entsprechend elastisches Volumen zu geben, welches es ermöglicht, den Ton ohne jeden Zwang noch weiter emporzuheben. Im übrigen ist zu bemerken, dass das Auftreten des natürlichen Auflösungstones in der Begleitung für die isoliert tragende Kraft der Singstimme keine massgebende Stellvertretung bildet. Es offenbart sich hierin die keine Gleichstellung oder Unterordnung duldende Oberhoheit der menschlichen Singstimme, welche von den Verfechtern des „bel canto" als bestes Argument ins Treffen geführt werden könnte, wenn ihre theoretisch-musikalische Bildung ihnen derartige Verteidigungsmittel an die Hand gäbe.

Denn wie sehr die sogenannten Vertauschungen der natürlichen Stimmschritte in die reine Musik eingedrungen sind und dem modernen Ohre geläufig wurden, zwischen Singstimme und Instrument angewendet, fällt ihre Beurteilung unter wesentlich andere Gesichtspunkte. Allemal liegt ihnen Steigerung des Ausdruckes zu Grunde, und ihre letzte Rechtfertigung erfolgt nicht nach den Regeln des musikalischen Satzes, sondern nach der höheren poetischen Absicht des Komponisten.

Man sehe noch den Anfang von No. 4 „Gesegnet sei", wo ebenfalls das Hinaufführen der Nachsilbe „geseg-net" von schwungvollster musikalisch-poetischer Wirkung ist. (Ferner No. 5, 7, 8 u. a.)

Gewiss haben wir es hier nicht mit einer etwa nur willkürlich angenommenen Manier zu thun, da auch die natürlichere Form der musikalischen Deklamation mit fallender Nachsilbe durchaus zu ihrem Rechte kommt und trotz ihres altgewohnten Gebrauches in hervorragend schönen Bei-

spielen vertreten ist. [Man sehe ebenfalls No. 7 und beachte die einerseits auffällige Weite des Intervalles (bis zur Septime und Oktave: „erho-ben", „verblen-det"), anderseits die zarteste Enge der Tonhöhe („droben", „entwen-det").]
Letztere Beobachtung führt zu einer anderen Eigentümlichkeit des gesangsdeklamatorischen Stiles in Hugo Wolfs späteren Erzeugnissen, nämlich: der unerschöpflichen Reichhaltigkeit und Variabilität in den Halbtonfortschreitungen der Singstimme. Er weiss damit sowohl äusserst intime und kunstvolle, als auch populärrührende Wirkungen hervorzubringen. Dieselben stützen sich wohl zuweilen auf eine komplizierte harmonische Basis, doch ist bei Wolf, nicht wie bei anderen modernen Chromatikern, der Accord Hauptsache. Bei ihm dominiert die Kraft der melodischen Linie, sie ist das Ursprüngliche und zwingt gewissermassen die Harmonie erst herbei.

Beispiele davon geben: No. 9 „Dass doch gemalt all' deine Reize wären", ein Lied, dessen musikalische Kraft nach der melodischen wie nach der harmonischen

Seite hin für sich allein genügen würde, seinem Schöpfer den Meistertitel zu verdienen. Ferner No. 19 „Wir haben beide lange Zeit geschwiegen"; in No. 20 die Stelle „weiss nicht vor Thränen, ob der Morgen scheint". Letzteres Lied, sowie das Ständchen (No. 22), mit dem der erste Band schliesst, zählen zu den Ausnahmen von ausgesprochen südländischer Färbung. Das eine ahmt in kunstreicherer, das andere in einfacher, beide aber in unnachahmlich köstlicher Art den Charakter der Mandolinenbegleitung nach, und sie erinnern so an die zahlreichen derartigen Gesänge des spanischen Liederbuches. Die Kühnheit des Schlusses der Singstimme im zweiten (sie schliesst auf der Septime) weist freilich auf die neuere Periode.

Verlangen die bezeichneten Stileigentümlichkeiten die höchste Entwickelung musikalisch-poetischer Intelligenz des Interpreten als Haupterfordernis, so finden wir doch auch Stücke vor, welche, wie das herrlich aufblühende: „Ihr seid die Allerschönste" ein geradezu klangschwelgerisches Hinströmen des Gesanges zulassen, oder in völlig geschlossenen, einfachen Formen auch als echte Lieder im älteren Sinne gelten können. (No. 1, 7, 8, 13, 16 und 18.) Besonders das letzte „Heb' auf dein blondes Haupt" ist ein Juwel von herzberückender Innigkeit! Zwei Liedern von feinsinnigstem musikalischen Humor haftet eine Neigung ins Bizarre an. (No. 11 „Wie lange schon war immer mein Verlangen, o wäre doch ein Musikus mir gut" und No. 15 „Mein Liebster ist so klein".) —

Zwischen der Komposition des ersten und des zweiten Bandes liegt der lange Zeitraum von fünf Jahren. Und wiederum als ein wesentlich anderer erscheint Hugo Wolf in den Gesängen des letzteren. Diesmal liegt auch ein grosses Ereignis dazwischen: Komposition und Aufführung seiner Erstlingsoper „Der Corregidor". Dem Vogel, der die früheren holden Weisen gesungen, waren zu unser aller Erstaunen die Schwingen gar weit gewachsen, weit genug, um ihn in neue Höhen zu tragen, doch vielleicht nicht stark genug, ihn dort auch schwebend zu erhalten! — Er kehrt zum alten engen Bezirk zurück, zuvörderst misslaunig und grübelnd. Er fühlt, dass es schwer halten wird, hier wieder heimisch zu werden. — Mit jener bedingungslosen Wahrhaftigkeit, die das untrügliche Kennzeichen des Genies ist, spricht sich seine Stimmung gleich am Eingange des neuen Bandes aus:

„Was für ein Lied soll Dir gesungen werden,
Das Deiner würdig sei? Wo find' ich's nur?
Am liebsten grüb' ich es tief aus der Erden.
Gesungen noch von keiner Kreatur.
Ein Lied, das weder Mann noch Weib bis heute
Hört' oder sang, selbst nicht dieält'sten Leute."

Bei all' dem liegt eine gewollte Einfachheit, ein Ansichhalten des Gefühlsausdruckes auf seinen Tönen. Der Hang zum Bizarren waltet zunächst auch in der Textwahl merklich vor (No. 24, 25, 26 u. a.). In No. 29 schlägt die Bitterkeit der bisherigen Stimmung ins Weiche um („Wohl kenn' ich euren Stand, der nicht gering"). Wie ein verlorener Strahl der Schönheit huscht es darüber hin. Aus anderen spricht eine gewisse Lebens- und Liebesmüdigkeit, ein Hinträumen ins „Drüben", wo Wonne und

Schmerz in eins zusammenfliessen (No. 31, 36). Doch einzelne herrliche Blüten von unsagbarer Zartheit seiner Kunst entblühen (No. 33, 34, 35). Vereinzelt bricht sich das Überwallen schmerzerfüllter Leidenschaft Bahn (32 und 45). — Erst ganz zuletzt erwacht wieder jener sangesfrohe Übermut, der mit zum Wesen des fahrenden Sängers gehört, in dem kecken Liedchen: „Ich hab' in Pena einen Liebsten wohnen", mit dem sich Hugo Wolf für diesmal verabschiedet.

Wir aber versparten uns noch den schliesslichen Hinweis auf eines der merkwürdigsten Stücke, an dem man so recht die Prägnanz der modernen Tonsprache erkennen mag: No. 27 („Schon streckt' ich aus im Bett die müden Glieder"). Modern auch darin, dass, wenigstens für unsere Empfindung, seine beiden musikalisch stark kontrastierenden Teile in dem knappen Raum des Ganzen nicht die wünschenswerte Einheit finden.

Das Ständchen, das doch eigentlich der Sänger singen sollte, wird von der Klavierbegleitung allein, allerdings in entzückender Weise, ausgeführt. „Ich sing' und spiele, dass die Strasse schallt." Die Singstimme aber erzählt uns dazu von den Wirkungen des Liedes auf die Umgebung. Da sehe man nun, wie das gemacht ist!

„So manche lauscht — vorüber bin ich bald."

Man darf mit gutem Gewissen sagen: diese beiden Takte bergen die höchste bis jetzt erreichte Kunst poetisch-musikalischer Deklamation, dargestellt mit den geringfügigsten Mitteln! Eine verblüffende Wahrheit des Ausdruckes, der zuliebe es uns auf ein regelmässig gesungenes Ständchen mehr oder weniger wahrhaftig nicht ankommen soll!

Im März 1899.

Hugo Wolf.

Ein Umblick von
Dr. Michael Haberlandt (Wien).

Dem gereiften, männlich-ernsten Empfinden des modernen Menschen widersteht das Zuckerwerk der Kunst leicht. Er widerstrebt ihrer leichten Verführung. Seine geschulte Intelligenz ist darüber hinaus, sich von ihr bloss angenehm einwiegen und einlullen zu lassen. Gerade wie die Feinsten vom Theater und seiner falschen oder brutalen Impression sich zurückziehen und nur noch die hochherrliche Bühne der Phantasie gelten lassen, so lehnen wir uns auch gegen den schönen Schein und Trug der Künste, den man uns so lang und so angenehm um Aug' und Ohren zu schlagen wusste, auf. Kann ein reifer

Mann, der auf der Höhe unserer geistigen Kultur steht, in einem „Liederabend", wie er uns heute von unseren Sängern meist angeboten wird, noch Genuss und Erhebung finden? Kein Wunder, dass solche Veranstaltungen meist nur mehr von Frauenzimmern und Männern, welche bloss als Begleitung, nicht aber geistig zählen, besucht werden.

Kein Mensch wird uns aber einreden, dass dieser Zustand der Dinge ein gesunder und notwendiger sei. Wenn die Kunst die Kundschaft der besten Köpfe verloren hat, dann ist sie eben hinter ihrer Aufgabe zurückgeblieben, sie stehet still, sie schläft. So wäre also auch die Liederkunst der Zeit hinter unseren Ansprüchen zurückgeblieben? Gewiss und sicherlich, wenn wir an die erbgesessene Liederkunst denken, die in hundert Konzertsälen ihren Tag geniesst, die in den Kehlen der Sänger und den Ohren des Publikums klingt. Überall ein Gestern, ja ein Vorgestern, und nirgends ein triumphierendes Heute! Epigonentum und kein Ende!

Und doch ist es da, das Heute, das neue

Lied für neue Ohren, das triumphierende Heute! Es ist Hugo Wolf's Lied.

Ich weiss einige schöne Verse Goethe's, die den Epigonen des Schubert'schen Gesanges, die der Liederkunst des Tages wie auf den Leib geschrieben sind, und die auch von dem Einsamen reden, von dem es gestern noch wahr gewesen, was sie sagen:

> „Leicht ist's, folgen dem Wagen,
> Den Fortuna führt,
> Wie der gemächliche Tross
> Auf gebesserten Wegen
> Hinter des Fürsten Einzug.
>
> Aber abseits, wer ist's?
> Ins Gebüsch verliert sich sein Pfad,
> Hinter ihm schlagen
> Die Sträuche zusammen,
> Das Gras steht wieder auf,
> Die Öde verschlingt ihn . . ."

Sie schien ihn fast zu verschlingen, den Einsamen abseits, der nicht mit dem Tross gegangen. Er beginnt aber zu wirken, er hat schon gewirkt. Mit ihm, mit Hugo Wolf, tritt uns ein Musiker entgegen, der eigenes Licht hat, der nicht zu dem Kinde und Jüngling in uns spricht, sondern der es mit dem Reifsten und Feinsten unseres Innern aufnimmt, mit seinem Letzten und Spätesten. Er löst uns wie in stiller Klause die köstlichen geistigen Schauer aus, wie sie über uns kommen, versenkt in die Werke der Meister. Ja, mehr, er ist die Lampe in stiller Klause. Er führt uns tiefer in uns hinein, als wir je in uns hineinzusteigen wussten, als uns die Dichter hinabgezwungen haben. Durch ihn ist es dem modernen Menschen wieder möglich, wieder ein Genuss, — und welch ein Genuss! — ein Lied zu hören, das für uns gesungen ist. Was uns, ausser dem Liede, eben sonst gar keine Wortmusik gewährt, auch nicht das Musikdrama Richard Wagner's: durch Hugo Wolf sind wir wieder in das uralte Erbe unserer Menschheit eingesetzt, das uns völlig verloren zu gehen schien: mit wahrem Gefühl teilzuhaben an der Poesie und an der Musik zugleich. Nichts Kleines, wenn man bedenkt, dass Wort und Musik, die Engverbundenen — Vater und Mutter jeder tiefsten Seelenrührung — im Zeitenlaufe eifersüchtige Egoisten geworden sind, die, jedes für sich, nach Alleinherrschaft über die Seele streben. Ein Wundermann, der diese Ehe zu unserem Besten noch zusammenhält.

Sicherlich ist die innerliche Verbindung von Poesie und Musik im Lied eine uralte Menschlichkeit. Sie zeigt sich schon im Primitivmenschen und erbt von ihm fort. Jene Verbindung ist eben eine organische. Die Erregungen des Gemütes, die Wahrnehmungsreize lösen Gedanken und Worte in Tönen aus. Wir sind eben, nebstdem dass wir Denkmaschinen sind, auch geborene Musikinstrumente.

So ist, von der Urlyrik angefangen, das Lied zugleich Gesang. Es ist es in der antiken Lyrik, und dieselbe enge Verschwisterung von Poesie und Musik herrscht in der mittelalterlichen Dichtkunst mit ihrem „Singen und Sagen", im höfischen Minnesang wie im Meistergesang: zum Worte gehört durchaus die Weise. Das Volkslied, wo und wie es im Leben aufquillt, ist immer Gesang bis auf den heutigen Tag geblieben.

Aber es kommt die Zeit — und die schwarze Kunst Gutenbergs, welche die

Lesepoesie schafft — bringt sie heran, wo Dichtung und Musik auseinander geraten, wo die lyrische Bewegung sozusagen zweigeleisig wird, um nach verschiedener Richtung auseinander zu streben. Es wird jetzt nicht nur gesungen, wie es einem ums Herz ist, sondern es steht auch allerlei davon Schwarz auf Weiss gedruckt zu lesen. Es giebt jetzt Leute, die Lieder dichten, und solche, die sie später in Musik setzen. Gar manches Lied kommt niemals an einen Musiker, und die Musik strömt immer voller und reicher aus dem bewegten Gemüt, ohne vom Dichterwort hervorgelockt oder auch nur erläutert zu werden. Dieses Auseinandertreten beider lange Zeit organisch verbunden gewesenen Kunstäusserungen entspricht der höheren Entwicklung, welche das Lied — als unmittelbarste Entäusserung der Seele — im Fortschreiten unserer inneren Kultur gewinnt. Es geht beides sozusagen nicht mehr in eine Seele hinein oder vielmehr aus einer Seele heraus. Dass aber, trotz dieser äusserlichen Trennung, der Musiker immer wieder das Bedürfnis empfindet, dem Gedicht seine Musik zu leihen, und dass wir aus seinen Händen das mit Musik beschenkte Dichterwort doppelt freudig zurückempfangen, geschieht eben kraft jener uralten und tiefgewurzelten Zusammenhänge von Dichtung und Musik, die nicht etwa ein gleichgültiges Erbe unserer Natur darstellen; sondern ihr Zusammenströmen in immer tiefer gegrabenem Bette allein kann die Seele zu jenem Überfliessen bringen, das sie wonnig befreit.

Das ganze Jahrhundert hat nicht aufgehört, seit Mozart das erste Veilchen gepflückt, den Liedergarten eifrig zu bestellen und schön zu bepflanzen, und wir haben ein paar liebe Blümlein davon eigentlich immer bei uns zu Hause im Glase stehen. Mit einem Sträusschen aus jenem grossen Liedergarten schmückt uns die Hausmusik oft den Alltag aus, und die grosse Menge, wo immer sie sich zu hören versammelt, wird nicht müde, die alten und jung-alten Weisen, die uns gut zureden wie ein Mutterwort, willigen Ohres zu vernehmen. Jedoch Blumen und Blüten welken, — und auch die Lieder welken. Oder vielmehr sie wachsen nicht mehr mit uns, sie reifen nicht mit uns. Sie bleiben liebe, süsse Kinder mit dem Blumenherzen. Und es darf und muss gesagt werden: die Liederkunst des Jahrhunderts ist allmählich hinter der Entwicklung und Vertiefung unserer Lyrik, hinter der Reife unserer Seele zurückgeblieben. Die Musik ist ja überhaupt eine rückständige Kunst. Sie ist der Siebenschläfer der geheimnisvollen Höhle, der sich um ein Menschenalter hinter der anderen Welt verspätet. Tritt sie aus ihrer geheimnisvollen Höhle — der Menschenbrust — so redet sie in einer Sprache, welche der Geist nicht mehr so spricht, trägt sie das Kleid von gestern und vorgestern, dies aber freilich so schön, wie man es nie zuvor gehabt.

An einem zunächst scheinbar äusserlichen Moment lässt sich rasch einsehen, dass die Liederkunst, wie sie eben noch auf dem Throne sitzt, eine kulturell rückständige ist — Grossväterzeit. Der Ungeist der Anthologie spukt noch in ihr. Diese Musiker naschen und nippen an hundert lyrischen Blumen. Jetzt ein bisschen Goethe, dann ein bisschen Heine, und dann wieder ein vergessener Dichter, so stehen sie in buntem Durcheinander in ihren Liederheften beisammen. Die Zeit der Blütenkränze, dichterischer Perlenschnüre, Jungfrauenbreviere lebt noch immer in ihrer Musik. Das ist aber nichts weniger als der moderne Geschmack. Der moderne Sinn lebt und denkt sich allemal in eine einzelne dichterische Erscheinung, und zwar so tief als möglich ein. Wir stehen nicht umsonst im Zeitalter der Gesamtausgaben; wir gehen auf die ersten, wie die letzten Worte, den Gesamtaspekt und nicht auf ein flüchtiges Allerlei. Wie wir neuerdings auch in der bildenden Kunst von dem rohen Massenauftrieb der allgemeinen Kunstausstellungen glücklich zurückzukommen im Begriffe sind und dafür einen ganzen Künstler vorgeführt bekommen, einen Menzel, Uhde oder Klinger ganz überblicken dürfen, so endlich auch in der Musik. Eduard Hanslick hat vor Jahren einmal ganz mit Recht bemerkt, als er von einigen jüngeren Lyrikern, vor allen von Hugo Wolf sprach, diese Künstler komponierten nicht mehr Gedichte, sondern ganze Dichter — nur hat er es mit Unrecht ironisiert. Damit beweisen sie sich eben als moderne Intelligenzen; und mit seinen Eichendorff-, Mörike- und Goethe-Bänden, seinem spanischen und italienischen Liederbuch ist Hugo Wolf darum allein schon ein ganz moderner, ein Künstler aus unserem ernster, ich möchte fast sagen wissenschaftlicher gewordenen Kunstgeschmack heraus. Verrät er sich nun mit den äusserlichen Umrissen seines Schaffens als ein moderner Geist — so üben das Innere, der Seelengehalt seiner Schöpfungen noch weit besseren und edleren Selbstverrat an dem Künstler. Man hat es schon mehrfach gerühmt: Hugo Wolf ist der zeitgerechte Lyriker im edelsten Verstande, der nur die feinste und schönste Lyrik zur musikalischen Durchleuchtung aufgerufen hat, mit einer so zwingenden psychologischen Kunst, dass wir in seiner Musik immer den stärksten Eindruck gleichsam nur einer Erweckung des tönenden Lebens haben, das im Wortbanne des Dichters schlummerte. Sein Eichendorff, sein Mörike — giebt es ein kraftvolleres und zarteres Porträt dieser

Lyrik, die aus dem deutschesten Gemüte heraus singt? Wie er uns darin das Dichterwort mit feinster Hellseherei interpretiert, wobei alle Hintergründe der Situation und der Stimmung mit zauberhaften Perspektiven nach allen Seiten auftauchen — ist das nicht feinste und beste Gegenwart mit ihrer vollgereiften Psychologie, mit ihrem zarten historischen Sinne? Wie nehmen sich daneben alle früheren Liedersetzer als lustige Knaben, als muntere Zeisige, ja — zugestanden! — als göttliche Nachtigallen aus! Hier aber ist ein Mensch, der redet — der Mensch der Höhe und der grossen Tiefe, ein reifer, ganz erschlossener Geist. Wenn ein solcher noch singt, muss er so singen.

Aber diese Zeitgerechtigkeit Hugo Wolf's, die in seinen Anfängen so deutlich empfunden wird — sie wandelt sich allmählich, jedoch unaufhaltsam in die Farbe und den Ton seiner eigenen Natur um und gewährt damit ein radikal Neues, wie es jede wahre Individualität (und nur diese) ist. Er trägt neben den fremden Farben seiner Dichter die eigene Farbe hell und stolz zur Schau. Im Goetheband und dem spanischen Liederbuche hat er sie mehr als je, diese eigene Farbe. In Goethe, der, ein Stilllebendiger, mit uns durch die Zeiten geht, hat er das Kräftigste und Lebensvollste der Goethe'schen Muse aufgerufen, wie es seiner starken, fast wilden Natur entsprach, und hat es im Feuer seiner Musik so hellglänzend erstehen lassen, dass es uns zuweilen fast in die Augen beisst und den Dichter verdeckt — den gelassenen Olympier. Aber schon mit der Komposition gewisser Lieder und Gesänge wieder aus Goethe wächst der Künstler aus der Zone warmdampfenden Lebenshauches in die kältere und reinere Luft eines Kunststils, welcher wirklich goethisch, das heisst rein artistisch ist: die Farben der Zeit und des Ortes leise abgedämpft, ein festes, klares, fast marmornes Relief, ein innigster Ton, dem es wie ein leises Echo aus der Ewigkeit nachhallt.

Vollendet erscheint diese Umwandlung seiner Weise in den italienischen Liederbüchern, welche uns Hugo Wolf in seiner grössten Reife und letzten Entwicklung zeigen. Es ist frappant, hier die fremde, kühle Luft seiner absoluten, reinen Künstlerschaft einzuatmen, wo uns eigentlich aus den zu Grunde gelegten Texten der kräftigste, stark gewürzte Lebensbrodem italienischen Volkslebens entgegenschlägt. Das sind ursprünglich ganz wildgewachsene Blumen von der Dorfstrasse, braunwangige Poesien mit blitzenden Augen und greller Stimme, die in derbster Mundart von den ewigen Menschlichkeiten singen — Lieder, die wir unten im Prater-Venedig hätten von den Gondolieri und den kecken schwarzen Schönen erlauschen können, in der grellen Melodik des Südens, ihrem wahren Naturlaute . . . Freilich, die Menschen dieser Lieder sind schon durch die alte lateinische Kultur, die ihnen einverleibt ist, die sie im Blute und in den Gebärden haben, humanisiert und setzen der Idealisierung zum rein menschlichen Typus geringeren Widerstand entgegen. Und der deutsche Dichter, der jene wilden Blumen zum Strausse gebunden, Paul Heyse, hat diese künstlerische Arbeit auch bereits entscheidend begonnen, indem er ihnen ihr Naturkleid, gewissermassen ihr Nationalkostüm, die Mundart, abstreifte und sie aus ihrem schwülen Heimatdunst in die Kunstluft allgemeiner Menschlichkeit verpflanzte. Aber der Musiker, der aus den Heyse'schen Texten nun sein Liederbuch schuf, er hat vollends die schon stark destillierte Natur in souveräner Art zur Kunst gebildet und geklärt. Welch zarte Humanität spricht nun aus diesen musikalischen Bildern, welche die ewigen und einfachen Typen des menschlichen Lebens und Liebens in tiefster, ruhigster Innerlichkeit vor uns ausbreiten! Wie geistig ist diese Musik, die wie eine Palme frei über dem Grunde warmblütigen Lebens aufsteigt, durchsonnt und durchseelt von lauter hellen Blicken für jede unserer Menschlichkeiten, mit schwebenden zarten Umrissen, ohne dumpfe, schwere Schatten, ohne jede Schwere sozusagen . . . Freilichtmusik . . .

Da steht das Wort, das ist der Gedanke, der Hugo Wolf's Musik in ihrer Eigenart und Neuheit vielleicht am besten charakterisiert. Wie die Malerei die äussere Welt heute ganz anders sieht und darstellt, mit neuen Augen für Licht und Farbe, befreit von der Atelierkonvention, erlöst vom Zwange der Gewohnheit und Schule, einzig erfasst von der grossen Sehnsucht nach der Wirklichkeit — so erfährt auch die innere Welt, so erfahren alle inneren Dinge ihre neue und wahrhafte Abschilderung in dieser neuen Musik, die so durchlichtet ist wie die Freilichtkunst, so wahrheitsdurstig, so gar nicht Atelier, so zartohrig und zartfingerig, ein einziges grosses Echo . . .

Manchen freilich scheint die neue Kunst erst eine harte, grüne, saure Frucht, die sich noch nicht essen lässt. Aber oben am Baume reifen die Früchte früher . . .

Wollte man also dem Schlagwortgeist des Publikums die neue Musik Hugo Wolf's kurz und bündig bezeichnen, so dürfte man füglich wohl auf ihre Fahne schreiben: „Musikalische Secession". Nicht eine äusserliche, mit dreister Palette und keckem neuen Schein, sondern echte Kunsterneuerung — ver sacrum — in jener Kraft und Reinheit, wo ein heiliger Frühling zur Wahrheit wird — doppelt heilig hier, weil die Flöre der ewigen Nacht auf ihn herabgesunken sind.

(Neues Wiener Tagblatt, 31. März 1899.)

Hugo Wolf.

(Drei Gedichte von Michelangelo für eine Bassstimme und Klavier, komponiert [1897] von Hugo Wolf. Mannheim, K. F. Heckel.)

Von

Edmund Hellmer (Wien).

Ich habe wiederholt, zum letzten Mal in einem im Wiener Hugo Wolf-Vereine gehaltenen Vortrage, Gelegenheit genommen, auf das dramatische Element in Wolf's Musik hinzuweisen; wie der Wunsch, sich unmittelbar, sich dramatisch mitzuteilen, schon seinen Liedern eigen war, wie derselbe ihn auch hinsichtlich der Textwahl beeinflusste und ihn Texte bevorzugen liess, welche die Ichform gebrauchen, die Situationen voraussetzen mit einem förmlichen Schauplatz und einer auftretenden

Persönlichkeit, bis er schliesslich und endlich mit seinem Schaffen ganz selbstverständlicherweise auf das Gebiet der Oper gedrängt worden sei. Als gute Beispiele konnte ich damals vor anderen Liedern den Cyklus aus dem westöstlichen Divan und die fast durchgängig dramatisch gedachten Stücke der „Liederbücher" anführen, die Wolf selbst mir gegenüber wiederholt als Vorstudien zu seiner späteren Oper, als seine „kleinen Opern" bezeichnet hat. Heute stehen mir als weitere Belege meiner Ansicht die letzten von Wolf veröffentlichten Liedkompositionen zur Verfügung, die drei Gesänge nach Michelangelo.

Auch hier die gleichen Merkmale des dramatischen Liedes als einer Übergangsform zum musikalischen Drama, zur Oper: die monologartige Form, die ungezwungen mögliche Annahme einer „Scene" und einer auftretenden Persönlichkeit (Michelangelo), vor allem aber der Umstand, dass Wolf auch diesmal nicht einzelne Texte verschiedener Dichter, sondern eine Mehrzahl von Gedichten eines und desselben Dichters, die in ihrer Gesamtheit ein abgeschlossenes

Bild der künstlerischen Persönlichkeit desselben geben, seiner Komposition zu Grunde gelegt hat. An diesem Vorgang bei der Wahl seiner Texte hat Wolf jederzeit fast ausnahmslos festgehalten. Das lässt bei ihm auf ein rein persönliches Sympathiegefühl zu dem Dichter schliessen, durch dessen Gedichte er sich angeregt fühlte, auf eine Sympathie und eine Liebe zur historischen Gestalt desselben, die im speziellen Falle so weit geht, dass sie ihn bewegt, Michelangelo förmlich als dramatische Figur wieder aufleben zu lassen, ihn als Person singend einzuführen. Diese Annahme eines „singenden Michelangelo" gewinnt überdies Berechtigung durch die bei Wolf sonst äusserst seltene ausdrückliche Angabe der Stimmlage, für die er diese Lieder geschrieben. Auch erinnere ich mich, auf eine diesbezügliche Frage von ihm die charakteristische Antwort bekommen zu haben, selbstverständlich müsse der Bildhauer Bass singen. Wenn man dem Gedankengang nachgeht, der eine solche Äusserung entspringen liess, so wird man dazu kommen, bei Wolf eine direkte scenische Imagination vorauszusetzen, die ihm den Meister etwa in seiner Werkstatt zeigte, wie er am Lebensabend sein ganzes reiches Erleben vor seinem Geiste vorüberziehen lässt und ihm in seinen Erinnerungen neues Leben verleiht. Und in diesem Sinne — als eine Reihe von Betrachtungen und Gefühlsäusserungen einer und derselben Persönlichkeit — ist der Cyklus rein dramatisch zu verstehen, so dramatisch als etwa die Hans Sachs-Monologe . . .

Wolf hat aus der grossen Menge von Gedichten, die uns heute von Michelangelo vorliegen, die denkbar glücklichsten gewählt, wenn er in seinen Gesängen einen echten, wahren und anschaulichen Begriff von dem Künstlerdasein und ein Porträt der unvergleichlichen Künstlererscheinung Michelangelo's geben wollte. Und wie regelmässig, schön und charakteristisch zeigt nicht auch die Musik zu den Gedichten die Züge des Meisters! In den engen Rahmen dreier Gesänge gefasst, hat Wolf ein Bild von dem Typus „Künstler", den Michelangelo so rein repräsentiert, mit wunderbarer Deutlichkeit dargestellt, als hätte er bei der Darstellung selber die Kunstlehre des Renaissancekünstlers befolgt, die auf die „allgemeine Wohlgestalt" dringt, „sodann aber auch zugleich auf sorgfältiges Beachten aller Abweichungen bis ins Hässlichste, besonders aber auf die Wiedergabe der echten unmittelbaren Ausdrücke der Leidenschaft von Freude zur Wut, flüchtig, wie sie im Leben vorkommen"... Nur denke man nicht, dass Wolf hier für jede Stimmungsnuance einen speziellen Ausdruck bringt, vielmehr zeichnen sich auch diese letzten Lieder bei aller überraschenden Kühnheit des Ausdruckes, bei all ihrer sinnschweren Kürze durch einen höchst kunstreichen, einheitlichen Organismus ihrer Komposition aus: Sie sind, wie alle seine reifsten Arbeiten, gleich „prächtigen, aus starrem Erz getriebenen Gebilden mit sorgfältiger Ornamentierung".

* * *

In ganz anderer Hinsicht — und das scheint wieder dem dramatischen Charakter der „Gesänge" zu widerstreiten — kommt diesen dagegen eine erhöhte Bedeutung zu gegenüber den bisher erschienenen Liedern Wolf's. Sie stehen nämlich — im Gegensatz zu fast allen seinen früheren Schöpfungen — in einer unverkennbaren, direkten Relation zu seiner eigenen Person und seinem eigenen Erleben. Das war bisher nicht der Fall gewesen, seine Musik hatte sich von jeher objektiviert von dem psychischen Vorgang, der ihn zur Komposition gedrängt hatte. Der Gestaltungsprozess, aus dem das Kunstwerk schliesslich hervorgeht, liess bei ihm eben auch nur einzig und allein das Kunstwerk selbst hervorgehen, rein, schlackenfrei und durchsichtig wie ein Krystall, dessen Facetten man ringsum betrachten durfte, ohne die leichteste Trübung durch ein aufbehaltenes subjektives Moment entdecken zu können, wie es den Künstler zur Konzeption seinerzeit angeregt hatte. Noch viel weniger trat seine Person und ihr Erleben jemals aus seinen Liedern hervor. Kein Wort im Text, keine Note in seiner Musik verriet etwas davon. Und nun kommen auf einmal ganz unvermittelt diese drei Gesänge nach Michelangelo, von denen das erste einen unbestrittenen autobiographischen Wert besitzt, ein anderes ein richtiges Schulbeispiel sein könnte für das Kunstwerk, an dem die Stimmung, die die Anregung brachte, noch deutlich erkennbar und in deren letztes, ein Liebeslied, er alles hineingelegt zu haben scheint, was er selbst für das Weib empfunden hat. Von wenigen Ausnahmen, vielleicht nur den „Strophen für Musik" des Byron, abgesehen, hat Wolf nichts auch nur annähernd Subjektives geschaffen wie diese Lieder.

Zu einer teilweisen Erklärung dieser Ausnahmserscheinung unter Wolf's künstlerischen Werken, kommt man durch die Erwägung, dass der Künstler zumeist erst in vorgeschrittenerem Alter, oder doch erst auf einer gewissen Höhe seines Schaffens sich vergönnt, rastend Umschau zu halten und autobiographisch reflektierend zu schaffen. Er gewinnt durch das, was er bereits geleistet hat, eine auch künstlerisch zu verwertende Bedeutung in seinen eigenen Augen. Er wird sich ein Thema, das ihn anregt und von dem er dann auch annimmt, dass es andere fesseln kann. So hat Goethe, der auch hier für den wirklichen „Künstler" typisch ist, weil sich in ihm alle Vorbedingungen zur ungehemmten Entwickelung eines ausgezeichneten Geistes so wunderbar erfüllten, eine so rein persönliche Beziehung zu seinen späten Arbeiten, deshalb sind die Gedichte des alten Michelangelo voll von seiner eigenen Person, deshalb tritt in ihnen sein ganzes Erleben mit allen seinen ungezählten kleinen Vorkommnissen so recht ans Licht bis auf den Verkehr vom Tage. Und in ähnlicher Weise etwa mag Wolf auf einem Höhepunkte seines künstlerischen Wirkens angelangt gewesen sein, als er in seinen Michelangelo-Liedern die bisher beobachtete „Objektivität des Dramatikers" fallen hatte lassen und mit diesen „Gelegenheitskompositionen" hervortrat.

Vor allem ist rein äusserlich eine Übereinstimmung zu konstatieren zwischen den Empfindungen, die Wolf teils sein ganzes Leben hindurch, teils die letzten Jahre vor seiner psychischen Erkrankung beherrschten, und den Gedanken und Meinungen vom Leben, die Michelangelo gerade in den von Wolf gewählten Gedichten festgelegt hat. Bei dem ersten derselben ist diese Übereinstimmung am auffälligsten. Es ist ein sonderbares und wunderbares Geständnis, das Michelangelo in diesen Zeilen ablegt, das selten gehörte Geständnis jener bewussten Selbständigkeit, die ihn in seinen Werken die Höhe seiner Kunst erreichen liess. Zugleich ist es aber ein Bekenntnis von Wolf's innerster Eigenart, der mit deutlichem Selbstgefühle wie der junge Beethoven „der Welt sogleich mit dem trotzigen Temperamente entgegen getreten, das ihn sein ganzes Leben hindurch in einer fast wilden Unabhängigkeit von ihr erhielt". Der Groll und die Verbitterung, mit der er sich durchs Leben schlagen musste, das Zweifeln an sich selbst in den geheimsten, schlimmsten Stunden und dann doch wieder der unbändige, wilde Stolz, niemals und niemandem zuliebe Konzessionen gemacht zu haben, nicht im Leben, nicht in seiner Kunst — das alles steht in diesem ersten

Liede Wort für Wort, aber auch Ton für Ton:

„Wohl denk' ich oft an mein vergangnes Leben,
Wie es vor meiner Liebe für Dich war;
Kein Mensch hat damals acht auf mich gegeben,
Ein jeder Tag verloren für mich war.
Ich dachte wohl ganz dem Gesang zu leben,
Auch mich zu flüchten aus der Menschen Schar...
Genannt in Lob und Tadel bin ich heute,
Und dass ich da bin, wissen alle Leute."

Als Wolf bei der Lektüre Michelangelos, vielleicht zufällig, auf dieses Gedicht als erstes gestossen war, musste er selbst durch diese für ihn bis ins Detail vorliegende Congruenz zwischen des Dichters und seinem eigenen „Künstlerdasein" tief betroffen gewesen sein. Hat er vielleicht unter diesem starken, wunderlichen Eindruck in eben der Richtung weiter gesucht und geforscht nach neuen, weiteren Ähnlichkeiten und überraschenden Gleichheiten? Und steht nicht auch der Hörer unter dieser oder einer ähnlichen Suggestion, wenn er Beziehungen, die im ersten Gedicht so offen zu Tage treten, bis in das zweite und dritte Gedicht zu verfolgen versucht ist?

Der zweite Gesang steht zu dem lebendigen Feuer, das den ersten erfüllt, in einem seltsamen Gegensatz. Er ist ein verklärtes „Vanitas vanitatum" von unvergleichlichem Wohllaut und grosser Schönheit und doch so drückend traurig:

„Alles endet, was entstehet.
Alles, alles rings vergehet,
Denn die Zeit flieht,
Und die Sonne sieht,
Dass alles rings vergehet,
Denken, Reden, Schmerz und Wonne;
Und die wir zu Enkeln hatten
Schwanden wie bei Tag die Schatten,
Wie ein Dunst im Windeshauch. —
Menschen waren wir ja auch,
Froh und traurig, so wie ihr,
Und nun sind wir leblos hier,
Sind nur Erde, wie ihr sehet.
Alles endet, was entstehet.
Alles, alles rings vergehet.

Michelangelo stand an der äussersten Grenze seines Lebens, als er in seinen Gedichten — sie stammen zum grossen Teil aus dieser letzten Zeit — sich so eingehend und unaufhörlich mit den Gedanken an die irdische Vergänglichkeit beschäftigte. Aber wie rein menschlich muss dies erscheinen. Sein Tagewerk war, wie Grimm so schön ausführt, bereits gethan, die Gedanken versagten den Dienst, sich dem Irdischen länger zuzuwenden; so dicht stand ihm die ungeheure Zukunft vor den Blicken, die ihn erwartete, dass ihm auch das Grösste, das die Erde zu gewähren vermochte, klein und, wenn er zurücksah, die ganze Lebensarbeit nur als eine mit vergänglichen Werken erfüllte Verzögerung erschien. Wird es mehr als eine blosse Vermutung sein, wenn ich auch bei Wolf, obwohl er in dem Alter höchster Schaffenskraft stand, eine ähnliche Gemütsverfassung annehme, welche ihn die letzte Weisheit eines alten Mannes, der die Grenze des menschlichen Lebens erreicht hatte, zu der seinen machen hiess! Gleichwie vor Michelangelo der Tod, stand vielleicht vor seinen Blicken aufgetürmt das Verhängnis, das ihn erfassen sollte, das ihn als das dräuend Wichtigste den Blick vom Irdischen abkehren liess und seinen Geist — wenn auch nicht in religiösem Sinne — auf das Jenseits leitete. Wenigstens werden nur wenige an dem Gesunden derartige Stimmungen gekannt haben. Erst die letzte Zeit, in die das Unheil seinen Schatten bereits voraus warf, hatte sie ihm gebracht. Das Liebesgedicht nimmt in der Ausgabe den letzten Platz ein. Es ist eines von den vielen, in denen Michelangelo seiner unbegrenzten Verehrung für eine Frau Ausdruck verleiht, deren wertvoller Freundschaft und fürs Leben festgegründeter Zuneigung er es auch danken will, so überschwenglich danken will, dass er in seiner Kunst so Unerreichtes erreicht habe. Das Gedicht scheint an Vittoria Colonna gerichtet, auf die ich gerne auch die Apostrophe im ersten der von Wolf vertonten Gedichte beziehen möchte. Das dritte Gedicht selbst zu dem persönlichen Erleben des Komponisten inhaltlich in Beziehung zu bringen, kann nicht meine Aufgabe sein. Schon deshalb nicht, weil die Beziehungen von Person zu Person stets etwas höchst Intimes, Exklusives an sich haben, das eine eingehende Analyse aus vielerlei Gründen ausschliessen muss. Ein Gedicht und ein Lied, die solche höchstpersönliche Empfindungen festhalten, sind stets, — wie die Nachschrift eines Sonnettes bei Michelangelo lautet, die jeden Dritten gleichsam aus der Gemeinschaft stösst, — „alte Geschichten, gut fürs Feuer, ohne Zeugen zu lesen":

„Fühlt meine Seele das ersehnte Licht
Von Gott, der sie erschuf? Ist es der Strahl
Von andrer Schönheit, aus dem Jammerthal,
Der in mein Herz Erinnrung weckend bricht?

Ist es ein Klang, ein Traumgesicht.
Das Aug' und Herz mir füllt mit einem Mal
In unbegreiflich glüh'nder Qual.
Die mich zu Thränen bringt? Ich weiss es nicht.

Was ich ersehne, fühle, was mich lenkt
Ist nicht in mir: Sag' mir, wie ich's erwerbe?
Mir zeigt es wohl nur eines andren Huld;
Darein bin ich, seit ich Dich sah, versenkt.

Mich treibt ein Ja und Nein, ein Süss und Herbe,
Daran sind, Herrin, Deine Augen schuld.

* * *

Ich wiederhole, was ich schon eingangs angedeutet habe: wie von allen Liedern Wolf's allein die Byron'schen Strophen auch musikalisch eine Aehnlichkeit aufweisen könnten mit diesen letzten Liedern. Vielleicht sollten sie eine neue Periode in Wolf's künstlerischem Schaffen einleiten. Einzelne Freunde, welche Wolf's letzte Arbeit, das hinreissende Opernfragment „Manuel Venegas", kennen, werden demselben und den Michelangelo- und Byron-Liedern eine künstlerische Verwandtschaft untereinander nicht absprechen, wie sie so unleugbar zwischen dem „Corregidor" einerseits und dem „Westöstlichen Divan" wie den „Liederbüchern" andererseits statt hat.